U0072429

# 排骨湯之戀

管家琪◎文　劉婷◎圖

# 排骨湯之戀

有一隻公螞蟻，叫作肉球，嗜肉如命。只要一聞到肉味，一看到肉渣，立刻就會沒命似的衝上前去猛啃，吃相十分難看。

肉球的家人和朋友都很排斥他，因為，那麼愛吃肉的螞蟻實在是太古怪了——雖然，肉球自己一點兒也不覺得有什麼不好。

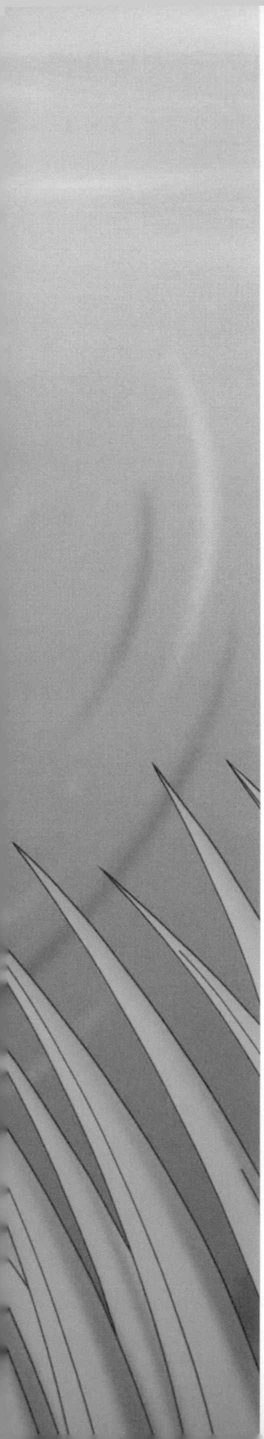

還有一隻母螞蟻，叫作水仙，嗜水如命。水仙天生具有冒險家的氣質，別的螞蟻一看到水就嚇得發暈，只有水仙反而樂得發昏，還會興奮的尖叫。她最拿手的把戲，就是把一片枯葉往任何一個水池裡一丟，再優美的縱身於枯葉之上，瀟灑的漂呀漂。如果是看到一攤湯汁，水仙自然也不會放過，總是立刻撲上去喝個飽。

而且，水仙也不受親友的喜愛，大家都認為她是一隻怪怪的螞蟻——雖然，水仙不懂她喜歡湯湯水水，對別人會有什麼妨礙。

有一天，孤單的肉球和寂寞的水仙，在一個空氣清新的早晨，偶然相遇了。他們最初只是禮貌性的互打招呼，但是才寒暄片刻，就立即被對方那股叛逆的性格所深深吸引。

「啊，妳真是一隻特殊的螞蟻，請妳嫁給我好嗎？」肉球熱情的說。

「親愛的，我也覺得你很特殊呢，我一直在等待像你這樣的螞蟻。」水仙無限嬌羞的說。

「不過，我得向你坦白一件事，」肉球忽然面色沉重起來，支支吾吾的說，「我有一個怪毛病，我——我很愛吃肉。」

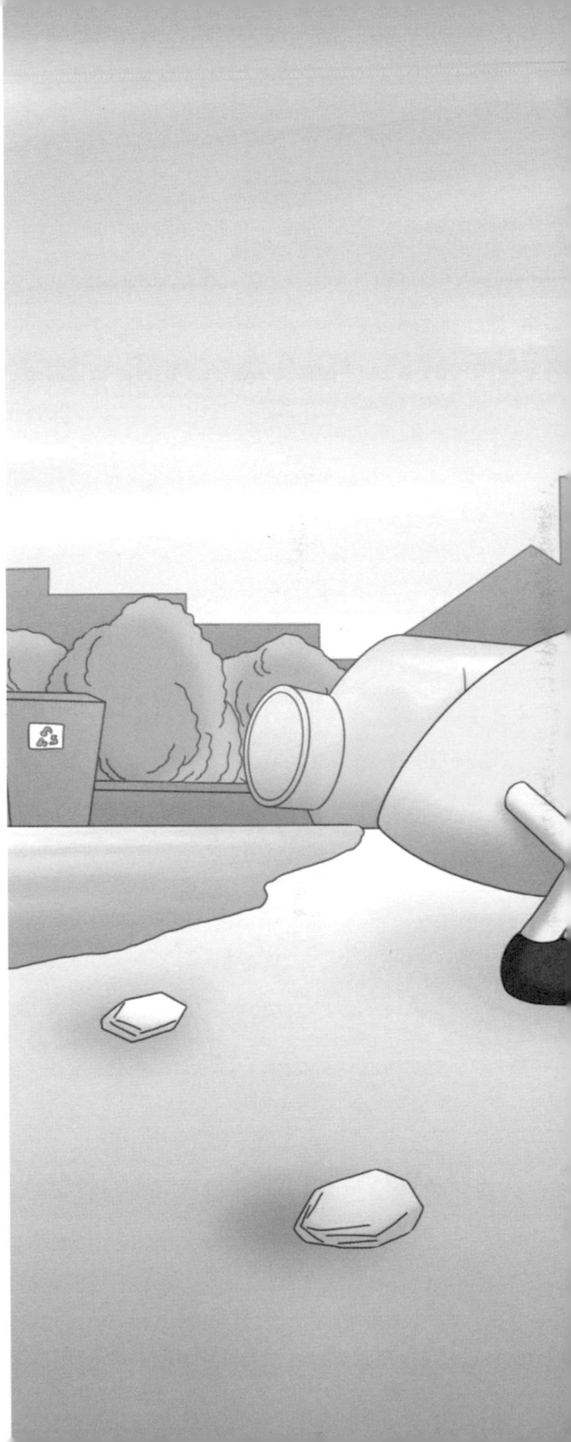

「喔，那沒什麼，親愛的。」水仙滿不在乎的說，「我也要向你坦白一件事，我也有一個怪毛病，那就是——我愛玩水，更愛喝湯。」

於是，肉球和水仙相約，今後誰也不干涉誰的嗜好，他們要快快樂樂的生活在一起。

為了表示尊重肉球，水仙聽從肉球的建議，一起搬到王老先生和王老太太的家。肉球說，這裡簡直是天堂。然而，住了一個禮拜，

水仙卻受不了了。

「不行不行！我不能住在這裡。」水仙生氣的說，「這個死老太婆太愛乾淨了，桌上有一點點的水，她也立刻擦掉，真是豈有此理！沒有水玩，沒有湯喝，教我怎麼活！」

「可是，她天天都煎牛排，要不然就做紅燒獅子頭，外面哪裡有這麼好的地方？」肉球耐心的安慰著妻子。

「我不管啦！我要水！我要湯！」水仙拚命的哭叫。

「好吧，我們搬家。」肉球無奈，大大的嘆了一口氣。唉！可愛的牛排，可愛的紅燒獅子頭，統統再見了。

新居是水仙找的，是張先生和張太太的家。住了一個禮拜，嘿，又有問題了，這回受不了的是肉球。

「天啊！這對懶鬼！」肉球大聲的抱怨，

「有那麼大的廚房，偏偏不用，只用來燒開水，真是莫名其妙。我已經一個月沒吃肉啦，這種日子怎麼過得下去？」

「親愛的，我們搬來才一個禮拜而已，」水仙試著安慰已瘦了一大圈的丈夫，「請你不要誇大好嗎？」

「一樣啦！反正感覺已經

很久了。不給我肉吃，肉鬆也可以呀，肉鬆啊！」肉球幾乎要號啕了。

「可是，親愛的，這裡有好多的水，還有各種顏色的果汁，都常常會留在桌面上，你不覺得很棒嗎？」水仙還是不放棄想說服肉球。

但肉球只是固執的吼著：「不行！我住不下去了！我要吃肉哇！」

「好吧，我們立刻搬家。」水仙好失望，

哀怨的嘆了一口氣。唉！美麗的七彩果汁，永別了！

結果，他們找了又找，就是找不到理想的地方。因為，既要滿足肉球愛吃肉的欲望，又要滿足水仙渴望湯湯水水的喜好，實在是太難了！

兩隻小螞蟻愈找愈心煩，終於忍不住互相抱怨起來。

水仙埋怨肉球：「都是你！怪毛病，非要吃肉不可！」

肉球也不甘示弱：「才怪呢，沒見過別的螞蟻這麼愛喝水，神經病！」

這天，兩人邊找又邊吵起來。正吵得不可開交的時候，肉球忽然停下來，興奮的東聞西聞。水仙尖著嗓子直嚷道：「聞什麼聞！樣子真難看！我跟你講話你聽到沒有？」

「噓，別吵。」肉球以極其愉快的聲調說，「我聞到肉味了，這附近一定有大餐。來，跟我走！」

水仙只好隨著肉球向前直奔。他們跑上一個視野極佳的高處，向下一望——哇！兩人都尖叫起來：「我的天！這麼多的肉！」肉球大叫。

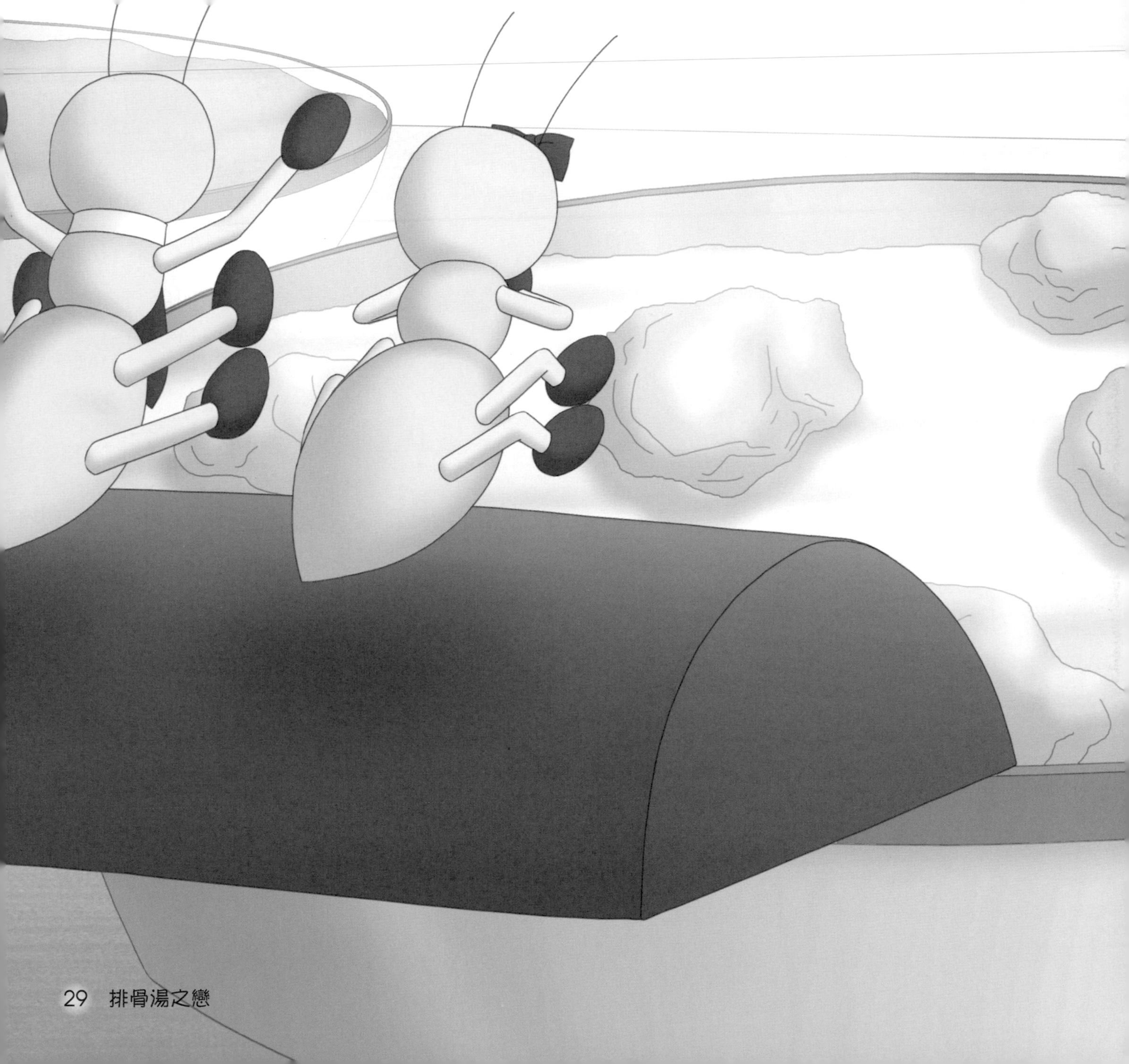

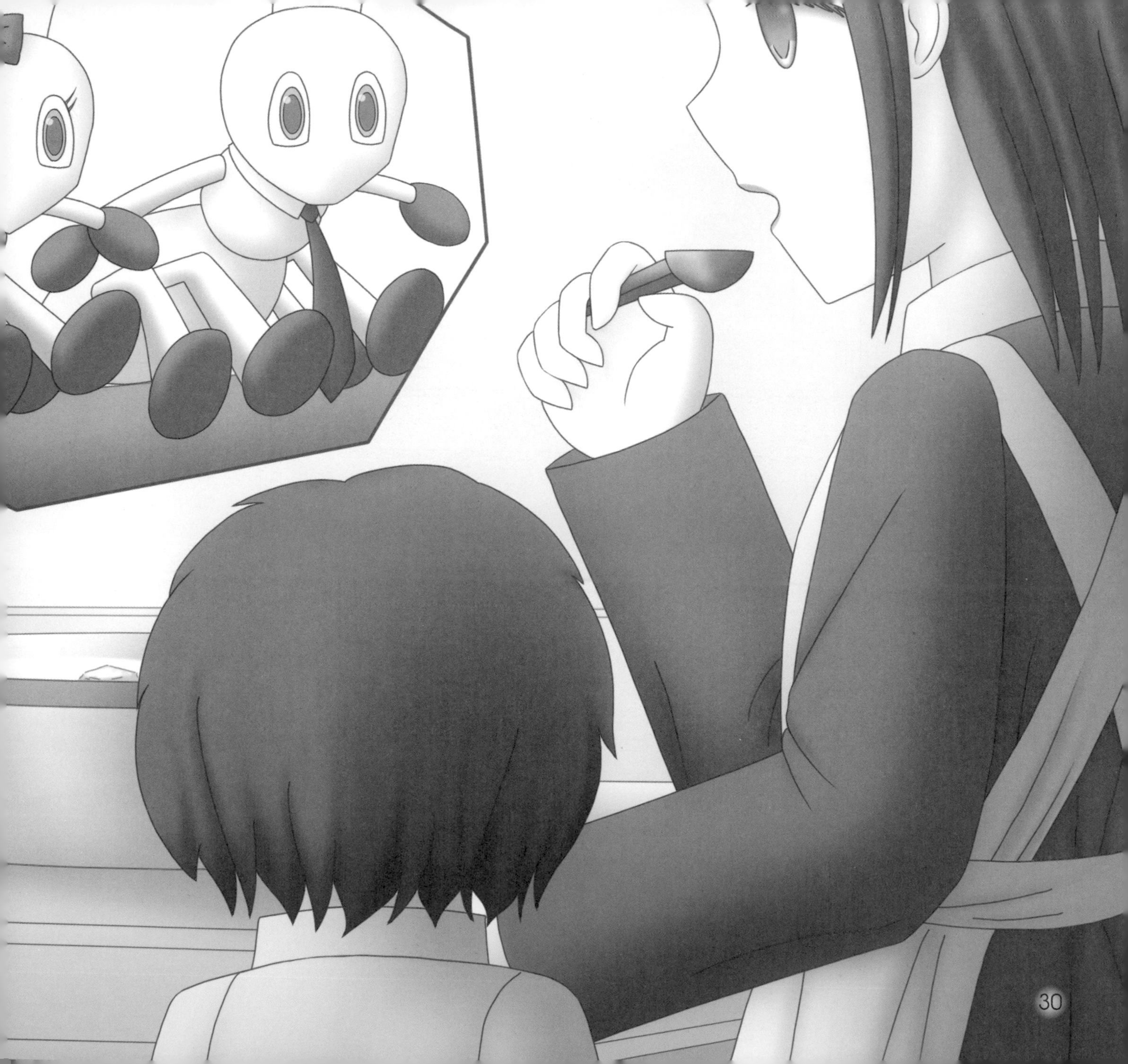

「我的天！這麼多的湯！」水仙也叫。

「乖乖，等一下喔，媽媽的排骨湯煮好了。」他們看見一位太太一邊和小孩說話，一邊拿著瓢子，伸進那迷人的大鍋裡，舀了一些，送進嘴裡品嘗。肉球和水仙彷彿忽然「暫時停止呼吸」，眼睛都瞪得大大的，嘴巴還不自覺的打開，口水一滴一滴慢慢的流了下來。

「唉呀！」那位太太手一滑，有一瓢不小心倒在檯面上了。肉球和水仙根本想都沒想，立刻手腳一致的衝上前去飽餐一頓。所有不快樂的爭吵，這會兒全部都煙消雲散了。

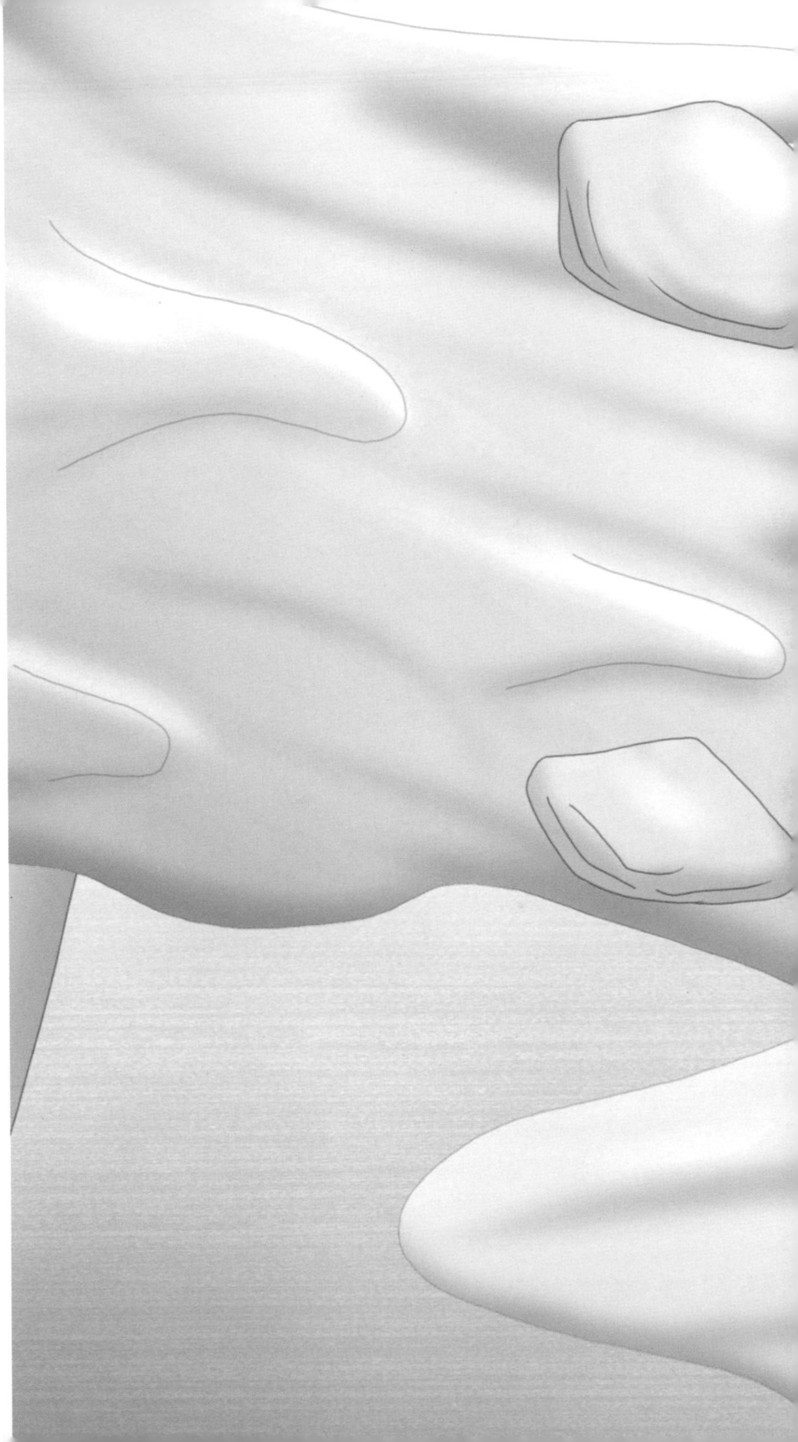

不用說，肉球和水仙當然選擇趙先生和趙太太的家安頓下來。理由很簡單，第一，趙太太很喜歡做排骨湯，對於這對小螞蟻夫婦來說，又有湯又有肉，真是兩全其美。第二，趙太太十分粗手粗腳，老是潑倒這個、打翻那個，所以廚房裡常常會有一灘一灘的美味。最後，趙太太還有一個最大的美德就是：每當排骨湯不小心被灑了一些在檯面上時，她絕不會神經質的立刻擦掉。

從此，肉球和水仙真正快活的生活在一起了，而且，他們還生了很多小螞蟻呢。

倒是趙太太開始感到非常困惑：「奇怪，我們家的螞蟻怎麼好像愈來愈多了？」

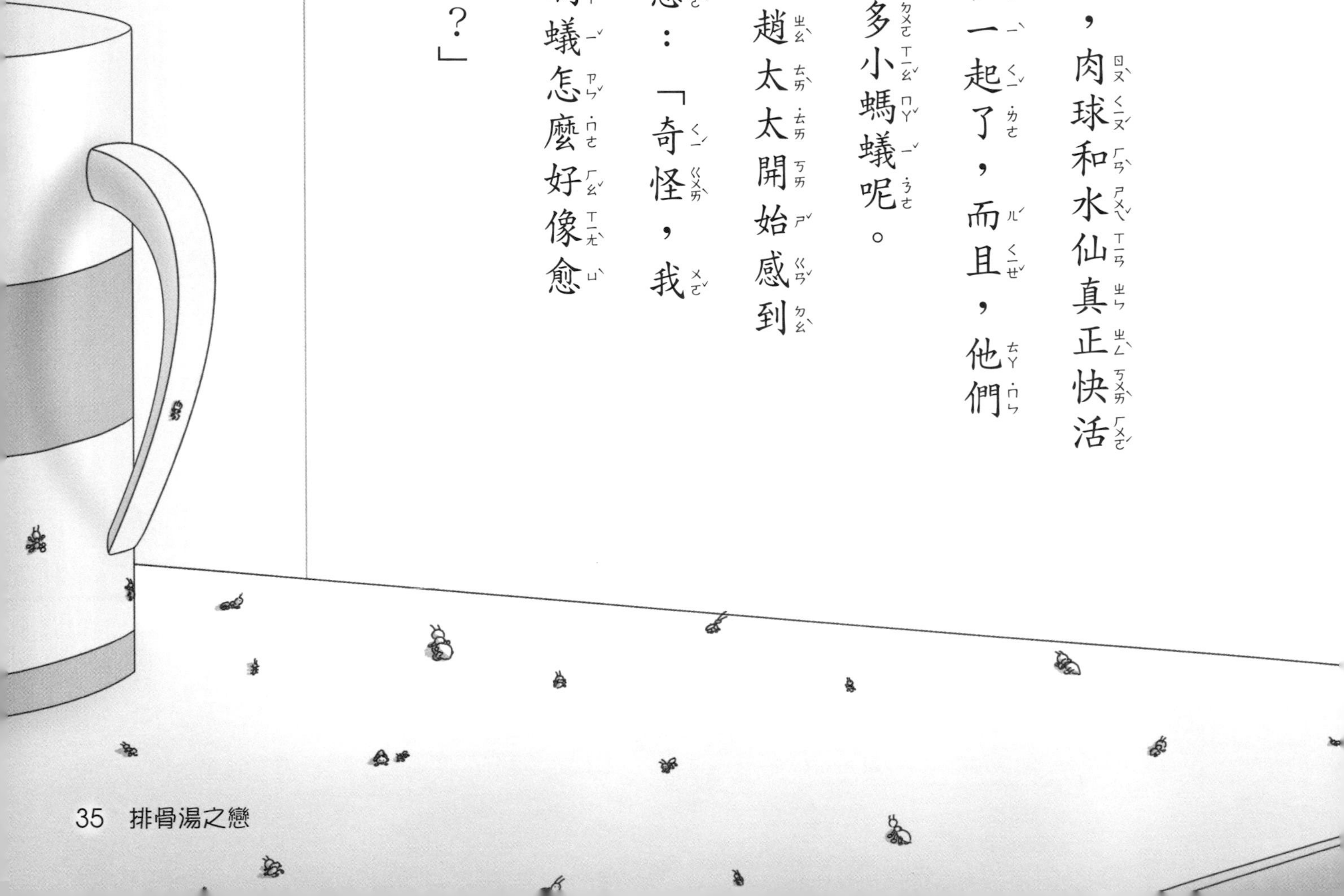

# 不會說謊的變色龍

別的變色龍會因為很多不同的原因，而改變自己身體的顏色，小琦卻只會因心情而改變顏色。

當她快樂時，是紅色；悲傷時，是藍色；失望時，則是灰色。

你知道，任何人都有可能會說一點「白色的小謊」——意思就是，為了不想傷別人的心，而說一些沒有害處的小小謊言。可是，可憐的小琦卻沒有說「白色小謊」的權利。這常

常帶給她很大的困擾。

小琦有一個好朋友——一隻很聰明的蜥蜴，名叫珍珠，一直很想當一個作家，而且是寫悲劇故事的作家。珍珠總說：「悲劇比較感人，比較會惹人掉眼淚，我要寫很棒很棒的悲劇故事。」

每當她完成一部新的作品，總是迫不及待拿來給小琦看，而且非常在乎小琦的反應。問題是，珍珠寫的悲劇故事實在是太荒唐、太好笑了。因此，她們之間的對話常常是這樣的——

珍珠滿懷期待的問：「怎麼樣？你覺得感人嗎？」

小琦使盡全身的力量，努力控制自己的顏色：「很棒，很感人，真的，我讀的時候都流

了眼淚……」（其實她是笑出了眼淚。）

「可是——」珍珠瞪著小琦，「為什麼你看了這麼棒的悲劇故事，會變紅色？你應該是藍色才對呀！」

「別管我的顏色，」小琦慌張的說，「我是為你高興才變成紅色的。真的，你能寫出這麼棒的悲劇……」

「哼，算了，別騙我了！」珍珠還是生氣的走了。她一走，小琦立刻變成灰色。

終於，有一天，小琦正因為自己又傷了珍珠的心，對自己感到失望時（她現在全身變得又灰又藍），珍珠突然又出現了。

小琦一看到珍珠，馬上急著說：「珍珠，你聽我說……」

「不，你聽我說，」珍珠居然笑咪咪的說，「我想開了，我真笨，幹麼那麼死腦筋，非要寫什麼悲劇不可呢？我應該寫喜劇才對嘛，我要寫滑稽的喜劇！」

從此，珍珠仍然把寫好的作品拿給小琦看，小琦看完都變成鮮紅色。後來，珍珠果然成為一個很有名的喜劇作家。

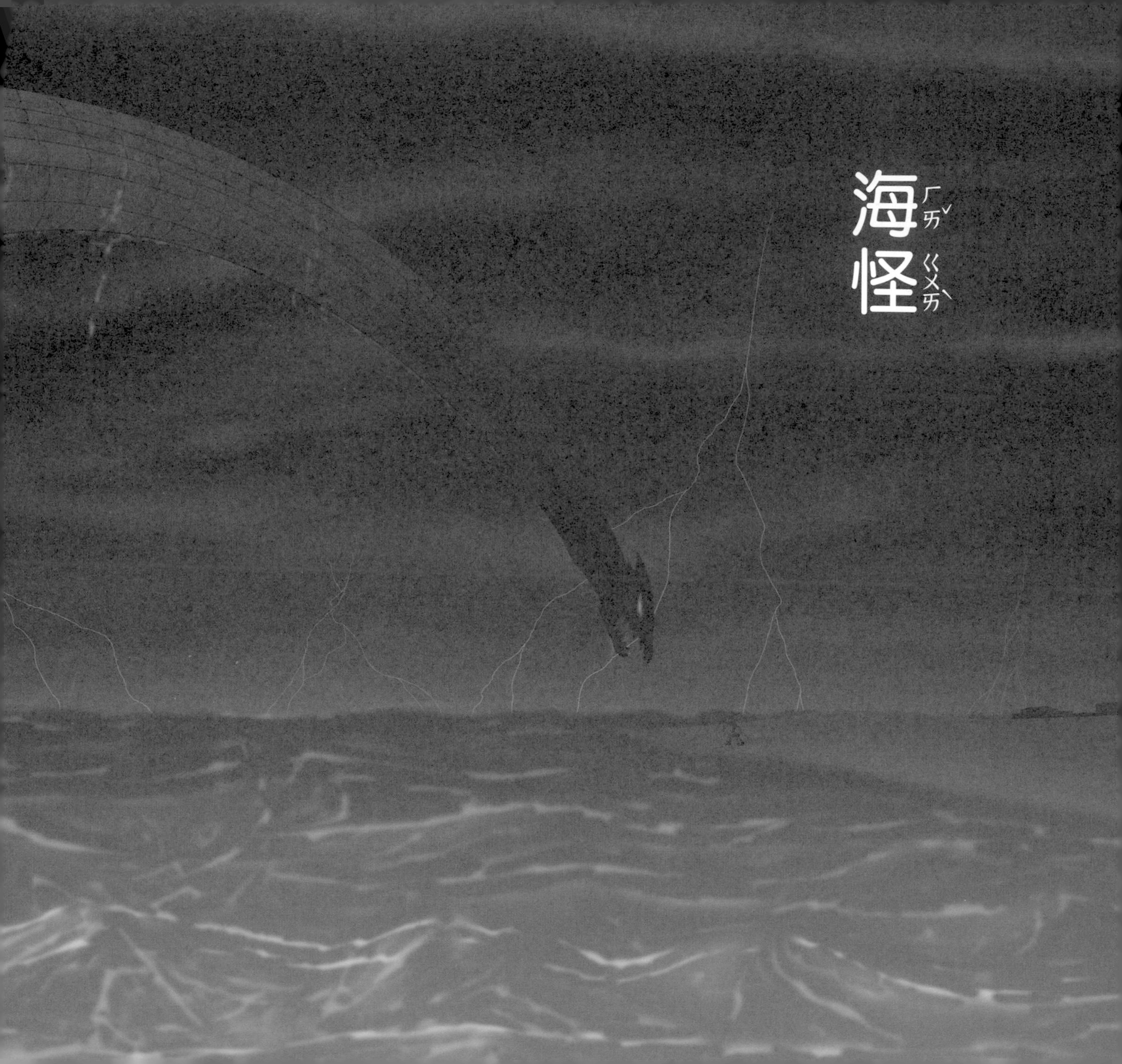
海ㄏㄞˇ怪ㄍㄨㄞˋ

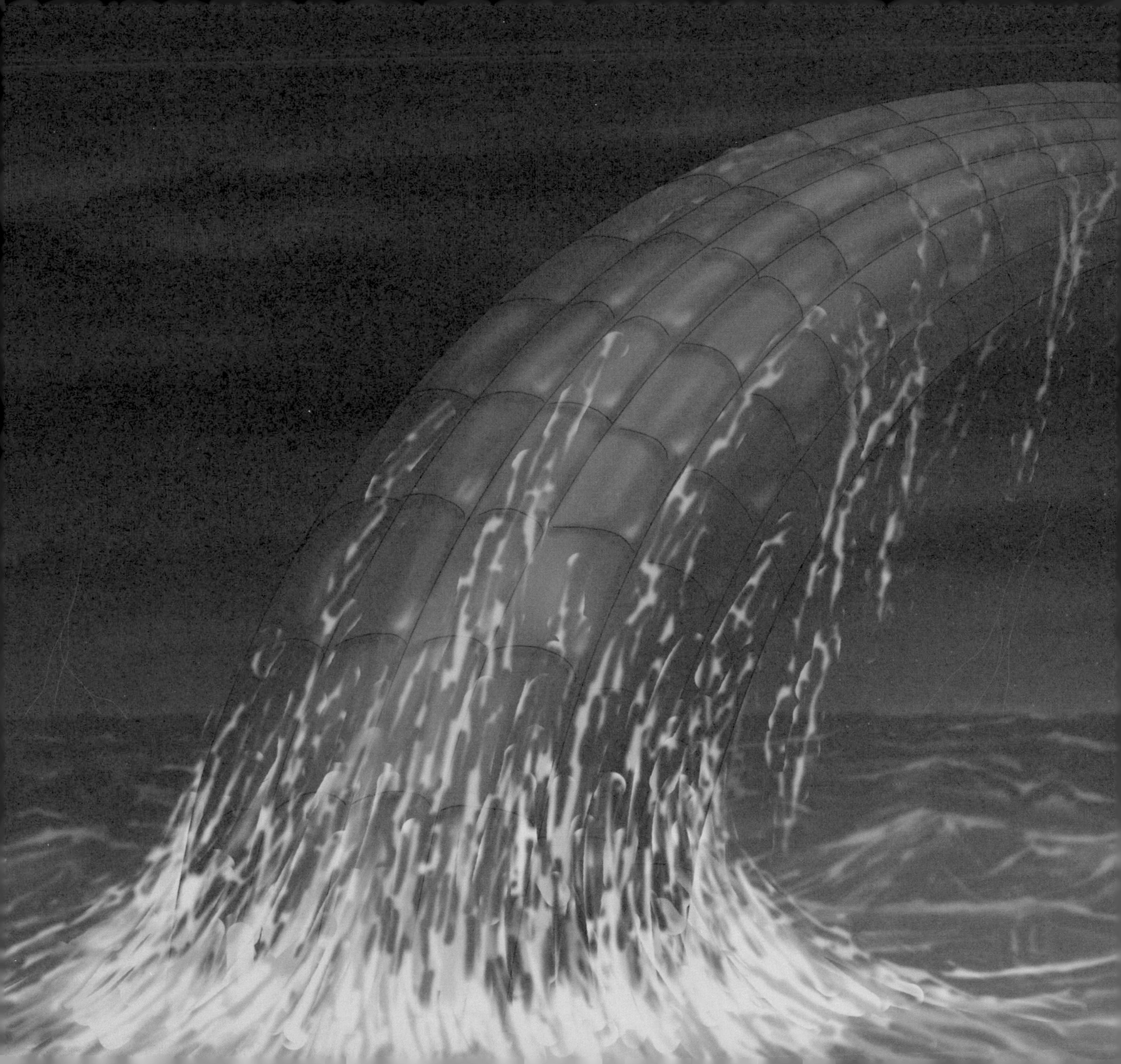

有一個武士神氣活現的來到一個小漁村。

「不要怕！我來了！」武士揮舞著寶劍，向村民鄭重宣布。

村民都覺得莫名其妙。一位老人壯著膽子走近武士，客客氣氣的問：「請問……您剛才說『不要怕』是什

麼意思？還有，請問您是誰？」

「什麼？居然還問我是誰！我就是鼎鼎大名、令天下群龍聞之喪膽的天下第一屠龍高手！我是來拯救你們的！」

「拯救我們？」村民聽了，更加一頭霧水，「我們怎麼啦？」

「你們這裡有海怪啊！」武士大嚷，他生氣了。他搞不懂這些村民怎麼會這麼笨；不認得他，是他們孤陋寡聞，可是既然都告訴他們自己是屠龍高手了，竟然還猜不到他是要來幹

麼，就實在有點笨得離譜了。

不料，村民居然紛紛笑了起來：「偉大的屠龍高手，你恐怕搞錯了吧，我們這裡沒有海怪。」

「什麼！」武士更氣了，「你們連這裡出現了海怪都不知道嗎？」

「不會吧？咱們這裡向來平靜得很，從來

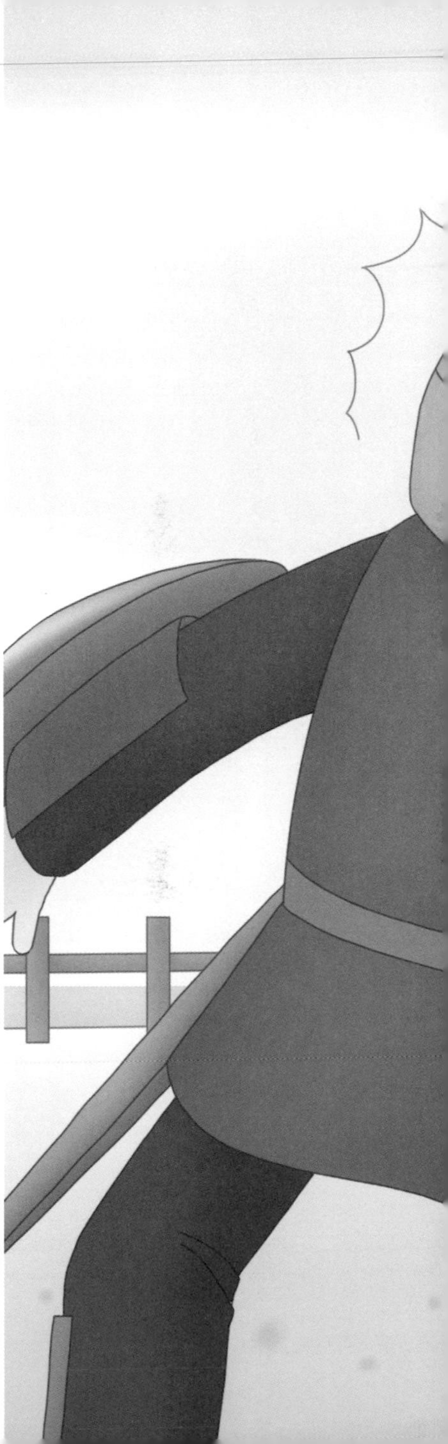

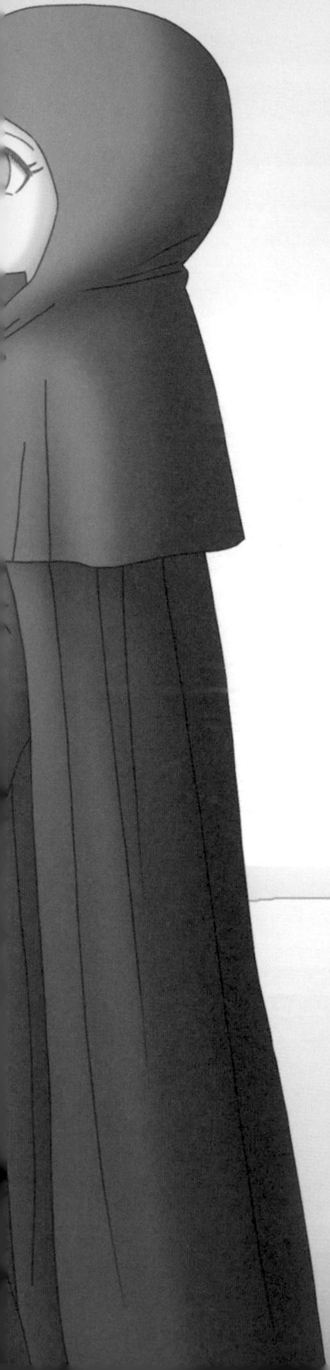

沒出現過什麼海怪。」

「不可能！我明明得到消息，說這裡確確實實出現過海怪，是一條灰黑色的巨蛇從大海裡竄出來——」

武士的話還沒講完，就被村民誇張的笑聲給打斷了；看他們笑成那個樣子，武士的鼻子都氣歪了！很明顯，他們根本不信！難道他們

把他當成了神經病？

「一群愚蠢的笨蛋！」武士憤怒的大吼，「好，我一定要逮到那隻海怪！等我逮到了，非要你們統統趴在地上感謝我不可！」

武士就這樣氣呼呼的在小漁村裡住下來。每天一早，他就氣呼呼的跑到海邊去等候，打算只要海怪一出現，就立刻把牠給解決掉。

村民好心的輪流送飯來給武士吃——他們真的把他當成是一個可憐的瘋子。

等了整整一個月，在一個黃昏裡，武士終於看到一條灰黑色的「大蛇」從大海裡「竄」了出來。

「海怪！海怪出現了！」武士大叫。

「喔，原來你是說這個呀！」村民恍然大

悟，「可是這根本不是什麼海怪，這是『水龍捲』啊，就是在海上形成的龍捲風呀，你沒聽過嗎？」

武士再仔細一瞧，這才明白果然是自己弄錯了，頓時臉紅得像天邊的晚霞。

## 小朋友，看完這三篇故事，讓我們一起來想想看……

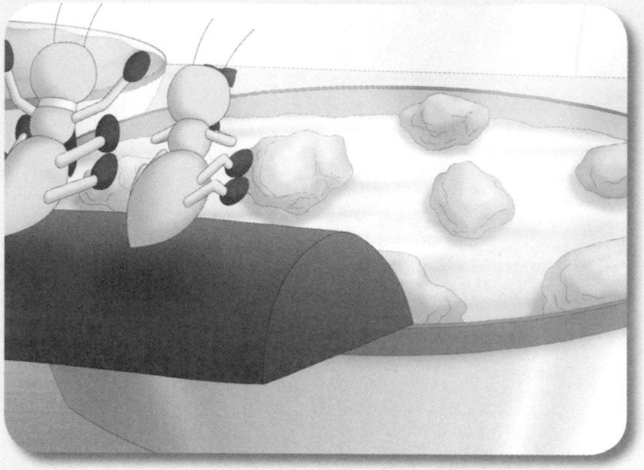

肉球和水仙為什麼會在趙太太的家安頓下來？

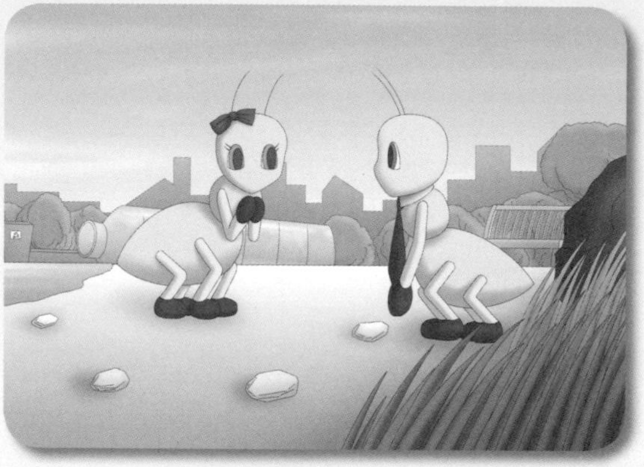

為什麼肉球和水仙剛剛認識的時候會很投緣？

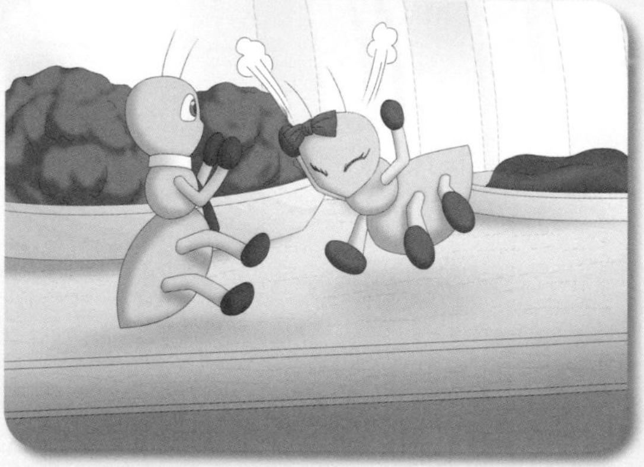

與人相處，如果大家都堅持自己的習慣，絲毫不肯調整，會怎麼樣？

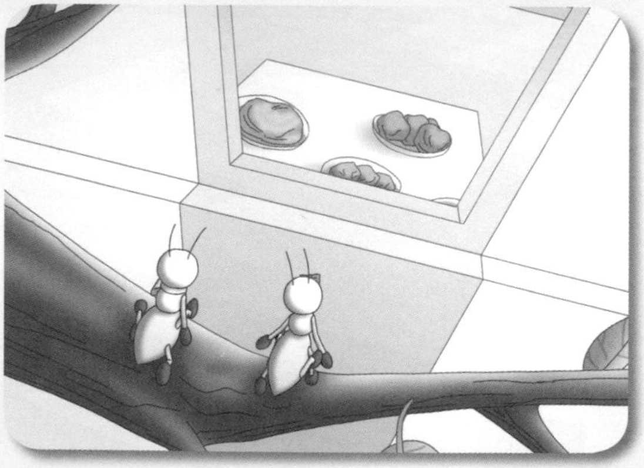

為什麼他們要找到一個讓兩個人都滿意的家會那麼困難？

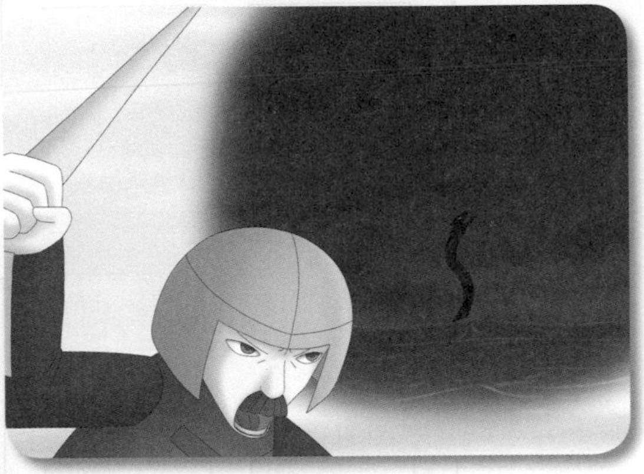

武士為什麼會認為有海怪？

珍珠為什麼會生小琦的氣？

武士是怎麼樣發現自己的錯誤呢？

珍珠後來是怎麼樣走上成功之路？

專家的話

# 找出教育童話的新手感

許建崑（東海大學中文系副教授）

管家琪之所以大量寫作，據我所知，是為了跟自己的孩子說故事。像是〈奇幻溫泉〉裡的斑馬、老虎和金錢豹洗過溫泉水後，奇異的調換了毛髮顏色。〈說再見的方式〉則敘述大象夫婦學不來斑馬先生、太太獨特的浪漫行為。管家琪給自己取了個「羅賓」的外號，來呼應她孩子對「蝙蝠俠」的想像。

而〈怒氣收集袋〉、〈捉拿古奇颱風〉，分別代表了她在家庭生活以及氣象新聞中，找到書寫的靈感。這兩部作品，給她帶來很好的名聲。隨著孩子長大，她轉行去寫少女情懷。《珍珠奶茶的誘惑》、《真情蘋果派》等作品，適時展現對「少女心，海底針」的敏銳觸覺，還因此被某食品公司選為宣傳短片的腳本。當她轉向作文教學，相關的寫作與閱讀指導書籍，又源源不斷。是什麼動力，可以讓管家琪再接再厲鍥而不捨？

閱讀與寫作，是管家琪每天必須的功課。她閱讀古代經典名著，反芻之後，化為現代版的文字，幫助孩子親近文學。她揣摩各種文體，為各個年齡層的讀者而創作，也是歷久不改的樂趣。她嘗試將俗語、成語、寓言融入故事之中，讓孩子在閱聽之際，自然而然的進入情境，去感受並學習這些生活智慧的語言。當別的作家避免將童話帶入「教育」領域，而管家琪反其道而行，標榜「教育童話」，希望透過故事體的寫作，來協助孩子們建構正常的生活觀念。

如同本書，收錄三篇故事，明明白白標舉「不要固執」的主題。兩隻螞蟻因為生活習性不同，三次搬遷，終於找到了一個可以同時適應的環境。首篇為〈排骨湯之戀〉，顯然是從現實生活中擷取的素材，化為廚房間穿梭往來的螞蟻故事。第二篇〈不會說謊的變色龍〉，巧妙的以顏色轉換來說明情緒變化。誠實的小琪無法掩飾對同伴珍珠作品的意見，正好幫助珍珠找到適合自己寫作的路線。俗語說：「良藥苦口，忠言逆耳」。在兒童文學的世界裡，竟然可以不費吹灰之力，提出了忠告，也保住友誼，多麼美好的結局。第三篇〈海怪〉，傲慢的武士堅持自己的看法，要去挑戰灰黑色巨蛇，還勞動村民送食物，結果是場烏龍。有點像唐吉訶德故事，卻能直接指出頑固性格所帶來的笑話。

用大人觀點來看，這些故事可能過於簡單，但是對於剛進入閱讀階段的孩童，清新自然有現代感的文字，帶著淺顯易懂的想像與描述，反而讓孩子容易親近。故事主人翁會有些小小的困境，卻又輕輕的消除了，對孩子頗具寬容鼓舞的作用。管家琪選擇了「教育童話」書寫，必然有她獨到的理念與手法。

## 作者的話

# 隨和之必要

管家琪

從事兒童文學創作多年，我一直把自己定位成一個「說故事的人」，一般我不太習慣向讀者闡述自己對於作品的想法。今天就算破個例吧。其實，在創作之前當然一定是先心有所感，然後再用文學化的處理把這個想法包裝起來，只不過由於讀者自身的生活環境以及性格、閱讀經驗等種種因素，常常會有自己的解讀，不一定會理解到作者的創作初衷（這也無所謂）。那麼，今天就請大家聽我囉唆幾句吧。

這本書裡頭收錄了三篇童話，從表面上來看，故事的精神似乎都是在談「不要固執」。人與人相處，「隨和」是一種美德，如果人人都固執得什麼都非得按照自己的意思，同時還要固執的把自己的習慣、價值觀等等強加於別人的頭上，一定會有紛爭（〈排骨湯之戀〉）；一個人要想在工作方面做出一點成績，一定要保持彈性，懂得適時的調整，否則如果明明是在一條死巷中，還固執的非要走下去不可，只是死路一條（〈不會說謊的變色龍〉）；在吸收新知方面，我們更要隨時保持開放的心胸，不能固執的堅守一些已有的觀念，別忘了，許多迷信就是因為在觀念上固執的原地踏步所致（〈海怪〉）。

不過，「不要固執」還只是我第一層想要表達的東西，其實，這三個故事的內在本質都是在談「情緒管理」。

這話怎麼說呢？我們不妨看看身邊的人，那些一天到晚總是有一肚子火氣的人，往往都會有一個特質，就是「固執」。因為固執，他會始終抱持著自己既定的想法去看待周遭的人事物，自然就會經常感到不滿意，總覺得別人為什麼都不按照自己的意思這樣或那樣做，甚至聽不進別人的意見。這樣的人，在周圍人的眼裡經常就是一種「冥頑不靈」的形象；這個成語所形容的就是一種固執到了極點的模樣。

我們都說「性格決定命運」，也有人說「改變習慣就能改變性格」，我想，儘管要改變性格是很難很難的，但是，如果我們從小就能夠有意識的經常提醒自己多注意一些事情，比方說經常提醒自己不要固執，總還是會有好處的。

國家圖書館出版品預行編目資料

排骨湯之戀 / 管家琪作. 劉婷圖. - 初版.
--台北市：幼獅, 2013. 01
面； 公分. --（故事館；002）

ISBN 978-957-574-894-4（平裝）

859.6 101026002

・故事館・2・

# 排骨湯之戀

作　　者＝管家琪
繪　　圖＝劉婷
出 版 者＝幼獅文化事業股份有限公司
發 行 人＝李鍾桂
總 經 理＝廖翰聲
總 編 輯＝劉淑華
主　　編＝林泊瑜
美術編輯＝李祥銘
總 公 司＝10045台北市重慶南路1段66-1號3樓
電　　話＝(02)2311-2832
傳　　真＝(02)2311-5368
郵政劃撥＝00033368

門市
・松江展示中心：10422台北市松江路219號
電話：(02)2502-5858轉734　傳真：(02)2503-6601
・苗栗育達店：36143苗栗縣造橋鄉談文村學府路168號（育達商業科技大學內）
電話：(037)652-191　傳真：(037)652-251

印　刷＝祥新印刷股份有限公司
定　價＝160元
港　幣＝53元
初　版＝2013.01
書　號＝984159

幼獅樂讀網
http://www.youth.com.tw
e-mail:customer@youth.com.tw

行政院新聞局核准登記證局版台業字第0143號
有著作權・侵害必究(若有缺頁或破損，請寄回更換)
欲利用本書內容者，請洽幼獅公司圖書組(02)2314-6001#236